모두 무사했으면 좋겠다

이 도서의 국립중앙도서관 출판예정도서목록(CIP)은 서지정보유통지원시스템 홈페이지(http://seoji.nl.go.kr)와 국가자료종합목록시스템(http://www.nl.go.kr/kolis-net)에서 이용하실 수 있습니다.

(CIP제어번호 : CIP2019011566)

J.H CLASSIC 032

모두 무사했으면 좋겠다

장택현 시집

지혜

시인의 말

그냥 마음 가는대로
메모하다 보니 시가 되었다.

늦은 나이에 시인의 길을 가게 해 주신
오직 한 분께 깊이 감사드린다.

나의 시가 누군가의 가슴에 닿아
작은 위로가 될 수 있기를 소망하며…

2019년 봄
장택현

차 례

1부

2부

3부

4부

• 일러두기
  한 연이 첫 번째 행에서 시작될 때는 > 로 표시합니다.

1부

엄마 생각

점심을 먹는다
상위에 맛있는 반찬이 가득하다

생선과 미역국
우리를 낳아 기르신 부모님은 안 계시고
하늘 나라에 사신다

칠십 여년 전 그 시절, 그때에
우리를 낳으시고 잡수신 미역국은
어떤 맛이었을까

길을 묻다

산에 오를 때는 힘든 줄 몰랐는데
내려 올 때 다리가 풀리고 힘이 들어
몇 번이고 쉬며 내려오네

내 인생 오르막에서
벌써 내리막 길이 되었나

젊었을 때 뭣 모르고 막 살았는데

이제부터 잘 사는 것이
어떻게 사는 것일까

남은 인생의 지도 잘 그려서
지름길도 가고 돌아서도 가 볼까

보금자리

봉서산 제일 높은 단지에
자리 잡은 A.P.T
가장 꼭대기 층이다

이른 아침 해가 뜰 무렵
동쪽에서 남서쪽까지 멀리 보이는
높고 낮은 산이 겹겹이 쌓여
초록 봉우리를 이루고

봉우리와 봉우리 사이
옅은 구름인가, 안개인가
바다인 듯 보이고

산 너머 수평선이 이마에 걸린다

어제와 오늘

물 위에 내 심정을 적어 본다
구름 가는 곳에 내 이름을 적어 본다

물이 흐르고 흘러 지금쯤 어디에 멈추어
몇 년도 며칠에 있었던
일들을 얘기하고 있을까

구름 위에 적어 놓은 이름 석자

지금은 잿빛 구름이 되어
비를 내리고 있나

하얀 구름이 되어 수줍은 듯
반달을 살짝 가리고 있나

개미들의 행진

개미들이 줄을 지어 바삐 움직인다
몇 백 마리 혹 몇 천 마리는 되는 것 같다

비가 오려나, 이사를 하는가
아니면 전쟁이 터졌나

모두 무사했으면 좋겠다

자화상

용수철을 반쯤 눌렀다가 놓으면
1m쯤 튀어 오른다

3분의 2를 눌렀다가 놓으니
5m쯤 튀어 오른다

내 용수철은 바닥까지 눌러 두었더니
녹이 슬어 꼼짝도 하지 않는다

우리 아들

가을이 가고 겨울이 오는데
노오란 개나리 꽃이 피었다

길을 잃었나
밤인데 낮인 줄 알고 거리로 나왔나

내년 봄에 다시 꽃이 필 수 있을까

어머니의 말씀

"얘야, 오뉴월 장마 통에
개울에 흙탕물이 내려 갈 때는

그곳에 소시랑이 빠져 있는지, 호미가 있는지
보이지 않고 알 수는 없지만

날이 개고 맑은 물이 내려갈 때가 되면
그곳에 유리 조각이 있는지
물고기가 놀고 있는지
다 알게 되고 밑바닥이 보인다."

어머님 천국에 가신지 먼 옛날인데
지금도 찾아 오셔서
흰 서리 내린 내게 들려 주시네

가을과 겨울 사이

낙엽이 온 천지에 흩어져 있네

공원에도 들판에도
저 많은 가을을 누가 다 쓸까

미화원이 치울까
바람이 쓸고 갈까

자고 나니 하얀 눈이
깨끗하게 쓸어 놓았네

힘든 하루

오늘은 힘이 든다
몸도 마음도 그렇다

고양이 앞에 쥐가 되는 기분이다

메달리스트

아파트에 산다
맨 꼭대기 층이다

올라갈 때 모든 사람이 다 내린 후에
맨 마지막에 내린다

내려올 때는
맨 먼저 타고 꼴찌로 내린다

그래도 금메달 하나는 목에 걸었다

추억

나 어렸을 때 쌀독에서 쌀 한 주먹
엄마 몰래 가지고 나와
생쌀 먹었을 때 지금의 과자 맛에 비할까

학교 다녀오다 주인 몰래 밭에 들어가
고구마 캐 먹고 무 뽑아 먹던 시절

들에 있는 개구리 잡아 뒷다리 떼어 구워 먹고
메뚜기 잡아 볶아 먹던 그때, 그 시절

졸졸 시냇물 되어 내 마음의 강에 이르네

살기 좋은 세상에 태어난 요즘 어린이들은
무엇으로 추억을 만들고 있을까

○○○ !! 아, 오빠 부대도 있지…

시간의 방정식

시간이 많은데
시간이 없다

행복인가 아쉬움인가
많은 시간을 허락해 준다면
더 행복할까

시간이 없는데
시간이 많다

아버지의 마음

사람들은 편하게 살려고 하네

아들들과 며느리들에게
편하고 쉽게 살려고 하면
오히려 그것들로 인하여 올무가 되고
눈보라가 몰아친다고 가르치네

아이를 많이 낳아 힘들게 살다 보면
이웃의 벗도 되고 나라의 일꾼도 되어

훗날에는
가을날 추숫단의 기쁨이 있을 거라고

착한 꿈

일곱 살 된 오빠가
다섯 살 된 여동생이
꿈이 없다고 하니

"그럼, 엄마면 되는 거야"

바람의 길을 걷다

봄과 같이 따뜻하고
어린 새싹 같이 순수한 시절도 있었고

여름처럼 푸른 잎새 자랑하며
패기 있던 시절도 있었지

가을이 되니 찬 바람 불고
쓸쓸한 기운이 감도네

겨울이 되면
생각과 말, 행동 모두 앙상한 나무가 되고

남의 인생을 내 것인 양 살아온 나날들
본래의 자리로 되돌려 놓고

바람을 움켜 잡았는데
손아귀에는 아무것도 남아 있지 않네

2부

세월

물과 불이 온 세상을 쓸어가고
다 태운다 한들

세월보다 무섭고 빠르고
이기는 자 없도다

꽃의 인사

진달래꽃이 웃는다
철쭉꽃이 말을 한다

나도 따라 웃는다
고맙습니다
감사합니다 하고 말을 한다

두레박 이야기

우물을 파서 두레박으로
물을 길어 먹던 시절

날이 가물면 두레박이 누워서
삼분의 일도 되지 않는 물을 들어 올리면
먹지 못할 흙탕물이었지

어머님께 흙탕물이라고
말씀드리니

세상에 물을 씻어 먹는
나라는 없다고 하시네

행복

행복이란
기쁘고 즐겁고 자기 뜻대로 되는 것이
행복인가

불행은 자기 뜻대로 되지 않고
괴롭고 슬프고 힘든 것인가

그 차이는 몇cm, 몇m, 몇km인가

오늘도 힘든 일을 했으므로
달콤한 꿈길을 오래 걸었다

가을

푸르름을 자랑하던 나뭇잎들이
빨갛게 물들었다

계절에 순종하며
땅에 떨어지고
낙엽이 되어 바람에 날아다닌다

쓸쓸함인가
아름다움인가

나의 향기

포도 밭에 가서
포도 다섯 박스를 사 가지고
돌아오려고 하는데

주인께서 포도 두 송이를 더 주면서
먹으라고 한다

다섯 박스 포도 향기보다
두 송이 포도 향기가 더 짙은 가을날

나한테는 어떤 향기가 나올까

어머니의 목소리

어머니께서 말씀하시네

"흰 개 꼬리 구들장 밑에
3년 묵혀 꺼내도
검은 개 꼬리 되지 않는다."

여전히 생생한 서릿발 목소리

내 속에 깊이 뿌리 내려
든든한 나무로 자랐네

수업 시간

국민학교 2학년 때
자연 시간에 시험을 보았다

달이 가나 구름이 가나
주저하지도 않고
달이 간다고 동그라미를 쳤다

점수도 동그라미가 되었다

겨울 여인

찬 바람이 부는 이른 아침에
출근하기 위해 한 여인이 서서
손을 주머니에 넣고
양쪽 발을 번갈아 움직이며
버스를 기다리고 있다

따뜻하게 출근할 수 있는 날이
속히 오기를 바라는 마음으로
출근길을 재촉한다

차창 너머 끝없이 머무르는 눈길

세대 공감

옛날에는 밥이 없어 먹지 못 하고
배를 곯았다고 어린 손자에게 말하니

"할아버지, 빵이나 라면을 먹지."라는
손자의 대답에 웃고 말았네

지금은 밥맛이 없네, 입맛이 없네 하니
생의 고갯길 칠부 능선을 넘어
다시 어린아이가 되었네

라면이나 한 그릇 끓여 먹을까

까치집

겨울이 되어 잎이 다 떨어진
수척한 나뭇가지 위에

크고 작은 까치집 하나, 둘, 셋

까치들도 사람들처럼
평수가 있는 모양이다

까치들은 큰 집에 식구가 더 많겠지

선물

6·25 전쟁으로 인하여
가난한 나라가 더 어렵게 되었다

새까만 고무신에 검은 천에 솜을 넣어 만든 옷을 입고
학교 다녔지
책은 보자기에 싸서 어깨에 대각선으로 메고
십리길 뛰어 다니다가
잘 못 매어 풀어지면 책이 땅바닥에 이리저리
굴러 흩어지곤 했지

중학교 들어가서 운동화에 카라 끼운 교복에
가방을 들기까지 6년이나 걸렸지

그래도 세상은
아름다운 선물 보따리인 것을

작은 기쁨

초등학교 다닐 적에
소풍 날짜 정해지면
밤잠 설치며 손 꼽아 기다렸지

아버지께서 1원을 주시면
소풍은 대충이고 1원을 손에 쥐고 있다가
집에 돌아올 때
왕사탕 한 개와 새끼 사탕 다섯 개를 사서
왕사탕 하나 입에 꾸욱 넣고
빨리 녹을까봐 한쪽 볼에 고정시켜 놓고
십리길을 뛰어 왔지

새끼 사탕 다섯 개는 집에 가지고 와
가쁜 숨으로 동생들과 나누어 먹었지

요즘 어린이들이 그 기분을 알까

눈물

옆에 있는 사람이
눈물을 흘린다
나도 같이 눈물이 난다

옆에 있는 사람이 말을 한다
그런데 왜 내가 눈물을 흘리나
눈물샘이 터졌나

그 사람 눈물이 내 눈물이고
그 사람 말이 내 말인가

눈물을 흘렸지만 기분은 하늘가에 닿았다

느티나무처럼

좋은 일이 있으면 기뻐하고
어려운 일이 생기면 슬퍼하는
이제 그러지 말아야지

사노라면
실패도 나쁜 일도 있는 법

고난 뒤에는 기쁨이 있네
억울하고 힘들고 비참했던 지난 날

돌이킬 수 없는 인생

어둠의 터널을 뚫고 지나온 세월
지금 한 그루 느티나무로 서 있네

3부

작은 새

다섯, 여섯 살쯤 되었을 때
형이 새 새끼 한 마리를 잡아 주었다

그 시절은 장난감이 없던 시절
얼마나 기쁘고 좋았는지

그 기쁨이 가시기도 전에 주기 싫은데
아버지께서 주막집 어린 딸에게 주셨다

지금도 잊혀 지지 않고 떠 오르는
참 귀여운 새 한 마리

정말일까?

크리스마스 카드를 아내에게 보냈다

"다시 결혼한다 해도
당신과 결혼하겠습니다"라고

1년 후 답장을 받았다
"당신과 짝 지어 주신 분께 감사드립니다"라고

맑은 마음

말을 해 놓고 보니
뜻과는 상관없이
말의 실수가 되는구나

앞에 있는 사람이
불편하여 도와 주고 보니

옆에 있는 사람이
나를 쳐다 보네

혼잣말

힘들고 어렵다고 꼭 말을 해야 아는가

얼굴만 보아도
그 말투만 들어도 아는 것을

잠시 의자에 앉아
지그시 눈을 감아 본다

나는 내가 싫을 때가 있다
그렇게 하지 않으면
더 좋을텐데

성격인가, 습관인가

습관은 인격의 탑을 쌓는다고 하는데

하모니

새 소리와 바람 부는 소리
낙엽 떨어지는 소리와
눈 내리는 소리

어느 악기, 어느 사람의 노래가
이보다 더 섬세하고 아름다울 수 있을까

봄, 여름 그리고 가을과 겨울
이 모두가 콘서트장이네

손자의 꿈

큰아들 둘째 손자 초등학교 1학년
잘생기고 말도 잘하네

"커서 뭐가 될래?"
경찰관이 된다고 하기에

"경찰관도 좋지만
큰 회사를 운영하는 사람이나
대통령 한 번 되어 보거라."

그렇게 하겠다고 당당하게 말을 하고
3일 후에 와서 책상 앞에
나는 대통령이 될 것이다고
삐뚤삐뚤 써 놓았네

"말로 대통령이 되는 것이 아니라
행동으로 꼭 실천해야지.
할아버지가 대통령 될 수 있도록 도와 줄게.
초등학교 졸업할 때까지
책 천 권을 읽으면 천만 원을 주지."

>

"아버지한테 천만 원이 많은 거예요" 물으니

"차 한 대 값이야!"

"네! 알았습니다!" 대답하며

망아지처럼 폴짝폴짝 좋아라 하네

참 모습

나의 생각과
내가 행동하는 것을
나도 다 알지 못하는데

어느 분은 모든 것을 알고 있네

세상 사람들이 나의 모든 것을 알았다면
나를 보고 무어라 말할까

군인 정신

ROTC 장교들이
절도 있는 경례와 부동 자세로 신고를 하네

나도 모르게 부동 자세로 환영사를 했지

모든 교육 마치고 자대로 발령 나면
지금과 같은 얼음 정신이 계속 유지될는지

옛날 군대 생활 했을 때는
나라 지키는 군인다웠는데

지금 군대는 군인다운 군인이
그래도 더 많이 있겠지

욕심

어렸을 때
보리밥으로 지은 누룽갱이 한 덩어리
가지고 있으면

다 가진 듯 기쁘고 행복했는데

지금 많은 것을 가졌는데도
가진 것이 없다 하네

욕심이 어른이 되어
자꾸 배가 고픈 것인가

세잎 클로버

세잎 클로버는 행복이고
네잎 클로버는 행운이라고 하네

멀리 있는 행운 찾아 힘을 다 썼네

일상 속에 있는
행복 세잎 클로버를
본 척, 만 척하며

네잎 클로버만 찾느라고
주름진 고개 떨어지겠네

바보

나는 어리석고 바보같다
그래도 마음이 편안하다

그래서 바보인가봐

삶

내 인생 다시금 20대로 되돌려 준다면

지금까지 살아 온 인생보다
잘 준비하여 더 잘 살 수 있을까

눈을 감고 생각하여 보니
큰 산이 앞을 가로 막네

손길

2019년 선물로 받은 한 해
감사합니다

보이지 않는 손길을 보게 하소서
들리지 않는 음성을 듣게 하소서

고난을 이기는 자 완벽한 자인가

이기는 자는 아무도 없네
이기는 자는 보이면서 보이지 않는
한 분뿐

보이지 않는 손길이
올해에도 우리를 인도하시는도다

다시 공부

유치원 아이들과
초등학교 어린 학생들은
녹색 신호에 손을 들고
건널목을 질서 있게 건너가네

어른들은 신호등이 아닌 차선을 넘어
위험하게 가로질러 길을 건너고 있네

어른들은 유치원에서
초등학교 도덕 시간에 가서
다시 도덕 공부를 해야겠네

나에게 묻다

키도 크고 몸짓도 우람하며
얼굴도 잘 생겼네

외모와 같이 마음도, 생각도 그랬으면
얼마나 좋을까

나는 보이는 외모와
보이지 않는 내면 중

어느 쪽이 더 아름다울까

4부

희망 배달부

힘들고 앞이 안 보일 때
좋은 소식 가지고 온
까치가 까악– 까악–
희망을 주네

해님

어제는 동 터오르는 해님이
해질녘 석양 같더니

오늘은 둥그런 해님에 눈이 부셔
차마 쳐다볼 수 없네

어제는 해님도 푹 쉬었던 모양이다

눈물의 강

영화관에 갔다
영화의 한 장면일 뿐인데
왜 눈물이 두 볼을 적시나

참았다가 영화를 핑계 삼아
울고 있는 것인가

나와 눈물 사이
나도 모르는 강물이 흐른다

마음의 눈

나무와 꽃을 못 보고 사는 사람
얼마나 답답할까?

눈을 뜨고 세상을 보며 사는 사람
작은 돌멩이에도 감사해야지
남의 물건을 보고 슬쩍하네

앞이 안 보여
볼 것, 못 볼 것 가리지 못하니
겨우 안심이 되네

달력을 보지 않고도 오늘이 며칠인지
요일까지 알고 있으니

마음의 시력은 얼마가 될까?

애지중지

1946년 병술생 개띠다
호적에는 47년 돼지띠로 되어 있다

그 시절은 자녀들을 적게는 5명
많게는 7, 8명 이상으로 낳았다

낳자 마자 죽기도 하고
얼마 동안 살다가 병에 걸려
일찍 세상을 떠나기도 했다

그래서 나도 1년 안에 죽으면
어떻게 하나 염려되어
1년 늦게 호적에 올렸나 보다

살아남기 위하여, 살리기 위해
얼마나 마음 고생을 했을까

해우소

화장실에 앉아 있으면
잊었던 생각이 돌아온다

때로는 공부방보다
머릿속에 정리가 더 잘 된다

화장실에 앉아 있으면
내 책상 의자보다
마음이 더 편안 할 때가 있다

오늘 생각나지 않는 일이 있으면
내일 화장실에 가서 생각해야지

솜씨

남아공, 탄자니아, 우간다 등
유학생 열 대여섯 명이
함께 걸어 간다

정교수님이 말씀을 하신다

"누가 누구인지 분간이 안 되어
그 사람이 그 사람 같네."

쌍둥이도 똑같이 태어났지만
서로 다르고 알아 볼 수 있다고 말을 했지

우리에게 숨결을 주신 분의 솜씨에
그저 미소 짓는다

마음 거울

사람들 앞에서 말을 한다

평소 마음에 둥지를 튼 생각들이다

말속에 말하는 사람의 속 모습이 보일 것이다

내 말 속에는 어떤 모습으로 비춰질까

벽

마음이 개운치가 않다
가슴이 답답하다

무슨 일이 있기에
내 앞에 산이 가로 막고 있을까

내가 나에게 잠잠히 물어 본다

오직 그분

I.
우리와 함께 오늘과 내일을 산다면
그 이후는 누구와 살 것인가

우리의 탄생을 부모님보다
더 기뻐하신 분이 누구실까

어제도, 내일도 묵묵히
등을 밀어 주실 그분이실까

II.
세상에서 가장 더러운 것이 무어냐
개똥인가, 쇠똥인가

죄보다 더 더러운 것이
세상에 또 있을까

죄를 다스리는 자도 이기는 자도
세상에는 아무도 없다

오직 한 사람 그분이시다

보약 한 첩

김교수님이 하실 말씀이 있다고 오셨다
할 말은 하지 않고 앉아만 있다

차마 기다리다 못해
"내가 먼저 하실 말씀 있으시다면서요?"

한참 머뭇거리다가
"죄송합니다. 생각이 짧았던 것 같습니다."
"더 하실 말씀 없습니까? (침묵)"

"내가 하는 말 소화시킬 수 있겠습니까?"
 다시 침묵이 흐른다

 이제 가보시라고 하니
"소화시키겠습니다!"

큰 소리가 나왔다
"좋은 약 한 첩 드셨다고 생각하십시오!"

문을 열고 돌아가는 뒷모습을 보며
좋은 약이 되었으면 하는 마음 가득하다

자꾸 눈물이 난다

눈물이 흐르고 또 흐른다
눈물샘이 터졌나

슬픔인가, 기쁨인가, 감동인가

아니면 그동안 이 모두가 합쳐진
전주곡의 눈물일까

시집법

큰 아들 결혼하여 큰 며느리를 보았네
"자녀는 5남매 이상 낳거라."
"예, 아버님!" 대답하던 며느리
아들 셋만 낳고 소식이 없어
아기 더 낳을 건지 물으니
딸을 낳을 수 있으면 더 낳겠는데
딸 낳을 자신이 없습니다며
말끝을 흐리네

작은 아들 결혼하여 작은 며느리를 보았네
"아이들을 5남매 이상 낳거라."
"예" 대답하던 며느리
남매 낳고 소식이 없어 말을 건네니

친정 어머님께서 삼남매를 키우는데
둘 키우는 것보다 막내 한 명 키우는 것이
더 힘이 들더라며
둘 이상 낳지 말라고 교육을 받았네

친정법과 시집법은 다른 법
너는 시집법을 따르라고 하니 3남매가 되었네

나의 우물

남들은 좋아하는데
나는 왜 싫어할까
싫어서 싫은 것인가

나는 좋은데
남들은 왜 싫어하는가
좋아서 좋은 것인가

남들이 내 우물의 깊이를 알 수 있을까?

동심

오늘은 달이 더 커 보이고
별이 유난히 빛이 난다

손에 닿을 듯 말 듯

누가 머리 위로 하늘을 끌어내렸나 보다

사람을 살리고 세상을 밝히는 시

나태주 시인

사람을 살리고 세상을 밝히는 시

나태주 시인

 대학에서 총장의 일을 하시는 분의 시집 원고라 해서 잔뜩 주눅이 들어 읽었습니다. 그런데 시를 읽어가는 동안 피식피식 웃음이 나왔습니다. 너무나도 나와 비슷한 생각과 내용을 시로 쓰고 있을뿐더러 나의 시처럼 쉽고도 단순하게 시가 되어 있어서 그랬습니다. 그런 뒤로는 잔뜩 긴장했던 스스로가 우스꽝스러워 또 웃음이 나왔습니다.

 시란 삶의 짧고도 진한 고백이고 자서전이라는 생각을 다시 한번 확인하는 기회가 되었습니다. 어린이 시절부터 노년에 이른 오늘에 이르기까지 모든 삶 가운데서 가장 의미 있고 아름다웠던 고비들을 시로 담으셨습니다. 그러므로 이 시집은 그분의 보석 항아리라 하겠습니다. 아름답고도 감동스런 보석 항아리이군요.

 시의 편편마다 읽을 수 있었던 마음은 측은지심의 마음입니다. 예수님 마음으로 바꾸면 긍휼히 여기는 마음이고 부처님 마음으로 바꾸면 자비심입니다. 이러한 마음이야말로 좋은 시의 기본일뿐더러 아름다운 인생의 푯대이지요. 시를 쓰는 분의 마음이 이러할 때 독자의 감동을 불러오는 것은 매우 가까운 길입니다.

분명 이분은 모든 일에 메이저인 줄로만 알았는데 마이너의 마음을 십분 알면서 시를 쓰시는 것이 놀랍습니다. 그 비밀이 바로 유년의 기억이고 그 기억의 중심에 계신 어머니의 사랑이요 어머니의 말씀이 아닌가 싶습니다. 그렇습니다. 이분의 시는 대부분 어머니의 말씀을 받아서 쓰는 글이라고도 할 것입니다.

그러므로 시인의 어머니는 이 세상에 이미 계시지 않지만 영원히 시인의 가슴 속에 살아계시고, 또 아들을 시켜 당신의 말씀을 하고 계시는 거라고 봅니다. 그러할 때 이 시인은 앞으로도 끊임없이 시인일 수 있을 것입니다. 모처럼 시원스런 시, 동질감의 시, 동병상련의 시를 읽을 수 있어서 기쁘고 감사한 마음입니다.

시는 독이 아니라 약이 되어야 한다고 봅니다. 사람을 살리고 생명에게 도움을 주는 약 말입니다. 시인의 시는 시인 자신을 살리고 시를 읽는 독자를 살리고 더 나아가 세상을 살릴 것이라고 봅니다. 시작품 「힘든 하루」에 들어있는 삶의 고달픔, 「나의 향기」에서 번지는 자기성찰, 「세대 공감」에서 느끼는 해학, 「눈물」에서 만나는 선한 마음이 시인에게만 아니라 우리에게도 길이 되고 빛이 될 것으로 믿습니다.

오랫동안 근원적 시간을 사유해온 이의 내면적 화폭

유성호 문학평론가 · 한양대학교 국문과 교수

오랫동안 근원적 시간을 사유해온 이의 내면적 화폭

유성호 문학평론가 · 한양대학교 국문과 교수

1.

서정시는 시인 자신이 겪어온 오랜 시간의 경험적 기억을 담게 마련이다. 그 안에는 지나간 시간의 편력과 시인 스스로 몸에 지문指紋처럼 지녀왔던 그리움 같은 생래적 정서가 깊이 반영된다. 그래서 대체로 첫 시집은 시인이 정신적으로 감당해낸 하나의 성장 화폭으로서, 시에서도 성장소설처럼 '성장시成長詩'라는 것이 가능하다면, 자연스럽게 첫 시집에 그러한 명명이 가능할 것이다. 장택현 시인의 첫 시집 『모두 무사했으면 좋겠다』 (2019)에는 한 순결한 인격의 성장 드라마가 형상적 언어로 촘촘히 각인되어 있고, 시인의 따뜻한 언어는 지나간 시간에 대한 깊은 그리움에 의해 감싸여 있다. 그 점에서 그는 서정시를 통해 자신의 삶을 반추하고 성찰하는 회귀의 시인이다.

아닌 게 아니라 장택현의 언어는 독자들이 읽으면 금세 알아들을 수 있는 명료함을 갖추고 있고, 요즘 시단에서 유행하는 해체 정신이나 죽음의 상상력 그리고 몸의 화두를 정점으로 하는 탈근대적 인식과는 대체로 무연하며, 그런 것들과 절연의 고도孤島에 위치할 만큼 고전적인 상상력과 의장意匠으로 구성되어 있다. 그의 시는 결코 난해하지 않으며, 다양한 수사로 굴절되어 있지 않으며, 첫 시집이 항용 띠기 쉬운 전략적 화두 역시 가지고 있지 않다. 그만큼 장택현 시인의 상상력은 우주를 잉태하는 목숨들의 자궁으로 나타나고, 새로운 개체로 자라날 생명의 가장 근원적인 원인으로 피어난다. 따라서 그것은 생명을 띤 유기체가 단단한 형식을 갖춘 원초적 힘으로 우리에게 다가온다. 그 원초적 힘으로 시인은 오랫동안 근원적 시간을 사유하고 있는 것이다. 이제 그 섬세한 언어의 풍경 안으로 들어가 보도록 하자.

2.

원래 인간의 의식이 '시간'이라는 실체를 정확하게 포착하고 표현하는 데는 일정한 한계가 있을 수밖에 없다. '공간'이 비교적 구체적인 지각에 의해 파악되고 표현되는 형식인 데 비해, 시간은 한결 추상적이고 감각의 한계를 넘어선 일종의 개념 형식을 띠고 있기 때문이다. 더구나 언어라는 간접화된 매개를 통해 표현하고자 할 때, 시간은 한결 더욱 추상화된 개념으로 시종할 수밖에 없다. 그래서 한 편의 서정시에서 시간과 그에 대한 경험은 대개 적절한 비유로 표현되기 십상이며, 독자들 또한 추상도가 높은 개념보다는 구체적인 비유적 형상을 통해 '마음의 상心像'을 자신의 내부에 형성하게 되는 것이다. 장택현 시인은 그러한 추상적 가능성을 넘어서는 구체적 형상으로 줄곧 '어머니'를 불러온다. 이때 시인 자신의 존재론적 기원origin으로서의 '어머니'는 퍽 구체적인 인물이자 지나온 시간의 은유적 형식이기도 할 것이다. 다음 작품을 먼저 읽어보자.

> 점심을 먹는다
> 상 위에 맛있는 반찬이 가득하다
>
> 생선과 미역국
> 우리를 낳아 기르신 부모님은 안 계시고
> 하늘나라에 사신다
>
> 칠십여 년 전 그 시절, 그때에
> 우리를 낳으시고 잡수신 미역국은
> 어떤 맛이었을까
> ─ 「엄마 생각」 전문

'엄마 생각'이라는 가장 원초적이고 근원적인 회상의 방식은, 그 자체로 시원始原으로 돌아가려는 시인의 남다른 의지를 반영하고 있다. 상 위에 반찬 가득한 점심 식사를 하면서, 시인은 자신을 "낳아 기르신 부모님은 안 계시고/ 하늘나라에" 사신다는 사실에 상도想到한다. 상 위에 놓인 미역국을 보며 자신이 태어나던 "칠십여 년 전 그 시절"에 어머니께서 잡수신 미역국이 과연 "어떤 맛이었을까"를 상상해보는 시인의 마음이 따뜻하고 깊다. 이때 우리는 장택현 시인이 자신의 삶이야말로 어머니의 깊은 사랑에서 가능했음을 고백하는 소리를 환청처럼 듣게 되는 것이다. 다음은 어떠한가.

"애야, 오뉴월 장마 통에
개울에 흙탕물이 내려갈 때는

그곳에 소시랑이 빠져 있는지, 호미가 있는지
보이지 않고 알 수는 없지만

날이 개고 맑은 물이 내려갈 때가 되면
그곳에 유리 조각이 있는지
물고기가 놀고 있는지
다 알게 되고 밑바닥이 보인다."

어머님 천국에 가신 지 먼 옛날인데
지금도 찾아오셔서
흰 서리 내린 내게 들려주시네
— 「어머니의 말씀」 전문

우물을 파서 두레박으로
물을 길어 먹던 시절

날이 가물면 두레박이 누워서

삼분의 일도 되지 않는 물을 들어올리면
먹지 못할 흙탕물이었지

어머님께 흙탕물이라고
말씀드리니

세상에 물을 씻어 먹는
나라는 없다고 하시네
— 「두레박 이야기」 전문

어릴 적 어머니를 환기해주는 여러 사물이 등장한다. 가령 '소
시랑/ 호미/ 우물/ 두레박' 같은 농경 사회의 세목들은 그 자체
로 시인 자신의 존재론을 떠받치는 기억의 도구였을 것이다. 어
머니는 그 사물들과의 오랜 기억으로 남으셔서 시인에게 "밑바
닥"에 이르는 말씀을 들려주신다. 비록 천국 가신 지 오래지만
지금도 찾아오셔서 "흰 서리 내린" 아들에게 살아 움직이는 기
억의 풍경을 건네시는 것이다. 그런가 하면 시인은 우물물을 길
어 올리던 시절 두레박에 흙탕물이 담겨 오면, 어머니께서 "세
상에 물을 씻어 먹는/ 나라는 없다고" 말씀하시던 지난날 이야
기도 선연하게 들려준다. 한결같이 이제는 볼 수 없는 기억의 흔
적처럼 남아 계시는 어머니에 대한 가없는 헌사가 아닐 수 없다.
그 헌사를 따라 시인은 "졸졸 시냇물 되어 내 마음의 강"(「추억」)
에 이르는 기억의 줄기를 노래한 것이다.

이처럼 장택현 시편에서 '시간' 형상은 그것을 표현하려는 시

인 자신의 실제 경험을 다양하게 담아낸다. 그 안에는 커다란 시대적 흐름도 녹아 있고, 상황이나 풍경의 변화를 은유적 매개물로 표현하려는 작법作法도 담겨 있다. 여기서 우리는 삶의 면면함과 지속성을 느끼게 되고, 일상의 축적을 통해 지난날의 확연한 실감에 도달한다. 그만큼 장택현 시편에서의 '시간'은 지각으로는 잘 포착되지 않으면서도, 수많은 매개 형식을 통해 경험되는 선명한 삶의 형식으로 다가온다. 환한 기억의 식솔들이 그 매개를 따라 이어져 나오고 있는 것이다.

3.

우리 시대는 주체와 대상 간의 조화로운 소통에 의지하는 동일성 논리보다는, 주체와 대상 간의 균열과 갈등을 첨예화하는 아이러니 논리가 점진적으로 확산되는 추세에 있다. 따라서 우리가 쓰고 읽는 시에 주체와 대상의 순조로운 화음和音보다는 그 사이에 일어나는 날카로운 파열음이 자주 관찰되는 것도 어쩌면 자연스러운 일일 것이다. 그러나 그와 동시에 동일성의 시학으로 회귀하여 고전적 의미의 서정성을 강화하고 회복하려는 움직임 또한 여러 차원에서 추진되고 있다. 우리 시단에서 보이는 이러한 동일성과 아이러니의 양면적 지향은, 각각 그 나름의 타당하고도 절실한 미학적 존재 이유를 가지면서 우리 시대의 가능성을 타진하는 두 가지 준거가 되고 있다. 이 가운데 장택현 시인은 단연 고전적이고 낭만적인 동일성 논리에서 시학적 발원지를 찾아내고 있다. 그럼으로써 잔잔하고 아름다운 풍경을 직조

하기도 하고, 처연한 기억 속에 깃들인 심미적 분기점으로 독자들을 안내해주기도 한다. 그리고 우리는 그 안에 출렁이는 형상이 바로 자신을 바라보는 시인의 모습임을 알게 된다.

물 위에 내 심정을 적어본다
구름 가는 곳에 내 이름을 적어본다

물이 흐르고 흘러 지금쯤 어디에 멈추어
몇 년도 며칠에 있었던
일들을 얘기하고 있을까

구름 위에 적어 놓은 이름 석 자

지금은 잿빛 구름이 되어
비를 내리고 있나

하얀 구름이 되어 수줍은 듯
반달을 살짝 가리고 있나
— 「어제와 오늘」 전문

용수철을 반쯤 눌렀다가 놓으면
1m쯤 튀어 오른다

3분의 2를 눌렀다가 놓으니

5m쯤 튀어 오른다

　내 용수철은 바닥까지 눌러 두었더니
　녹이 슬어 꼼짝도 하지 않는다
　　　　—「자화상」전문

　어제와 오늘 사이의 금석지감今昔之感을 시인은 물 위에 적어
본다. 구름 위에 적어 놓은 "이름 석 자"는 물이 흘러가듯이 어디
에 멈추어 지난날을 이야기하고 있을지도 모른다. 어제처럼 흘
러가버린 세월은 '잿빛 구름'이 되어 비를 내릴 수도, '하얀 구름'
이 되어 반달을 가리고 있을 수도 있으리라. 멈춤이 없이 흘러가
는 시간 앞에 사라져버린 날들을 추억하는 남다른 시편이다. 그
런가 하면 장택현 시인은 스스로 그린 '자화상'을 통해 자신의
"용수철"이 '바닥'까지 눌러 두었더니 녹이 슬어 꼼짝도 하지 않
는다고 고백함으로써, 자신이 지난날에 대한 작지 않은 회한과
아쉬움을 가지고 있음을 설파한다. 물론 "사노라면/실패도 나
쁜 일도 있는 법"(「느티나무처럼」)이니, 그 '바닥'은 가장 낮은
'바닥bottom'이자 가장 근원적인 '바닥basis'이기도 할 것이다. 장
택현 시인은 이번 시집에서 그렇게 흘러가는 시간에 대한 자의
식을 곳곳에서 발화하고 있다.

　물과 불이 온 세상을 쓸어가고
　다 태운다 한들

세월보다 무섭고 빠르고

이기는 자 없도다

— 「세월」 전문

시간이 많은데

시간이 없다

행복인가 아쉬움인가

많은 시간을 허락해 준다면

더 행복할까

시간이 없는데

시간이 많다

— 「시간의 방정식」 전문

　우리가 맞이하고 이별하는 '세월'은 온 세상을 더러 쓸어가고 더러 다 태워버리는 '물과 불'보다 무섭고 빠르다. 그래서 세상에서 시간만 한 절대권력은 없게 된다. 그런가 하면 시간은 많기도 하고 없기도 하여, 행복과 아쉬움을 동시에 주는 물리적 형식이다. 그러니 많은 시간을 허락해준다고 더 행복해지거나 하는 것은 아닐 터이다. 주어진 시간이 어쩌면 최적화한 시간의 방정식일지도 모른다.

　일찍이 공자孔子는 유유히 흘러가는 강물을 바라보면서 "흘러감이란 과연 이와 같구나. 밤낮으로 쉬지 않는구나逝者如斯夫 不舍

晝夜."라고 말했다. 그는 한순간도 멈추지 않고 흘러가는 시간의 속도감을 강물의 비유를 들어 강조한 것인데, 아마도 공자는 인생에서 시간의 의미를 깊이 생각한 이로서 첫 손에 꼽히고도 남을 것이다. 또한 노벨문학상 수상자인 콜롬비아 소설가 마르케스Gabriel Márquez는 "흐르는 시간은 모든 것을 황폐화한다."라고 말했다. 빠른 속도로 흘러간 시간 뒤에 남는 것은 절대적 무상無常이요 폐허일 것이기 때문이다. 그렇게 시간은 누구도 범접할 수 없는 속도의 양감量感을 통해 차가운 잔해를 남기면서 흘러갈 뿐이다. 이처럼 우리로 하여금 불가피한 삶의 형식으로서 시간을 경험하게끔 만드는 매개물에는 구체적으로 여러 것들이 있다. 물론 시간의 풍화를 겪는 사물들 모두가 이에 해당될 수 있을 것이다. 그 가운데서 장택현 시인은 자신의 달라진 몸의 리듬이나 낯설어진 풍경 속에서 시간의 비의秘義를 읽어내고 그 과정을 시화詩化하는 과정을 보여준다. 그 과정에서 때로는 깊은 깨달음을 때로는 짙은 회한과 쓸쓸함을 토로하고 있는 것이다.

4.

장택현의 시에서 우리가 중요하게 찾아볼 수 있는 또 하나의 시적 의장意匠은, 상반되는 충동 사이의 균형을 이루고자 하는 의지이다. 그리고 그 결과 나타나는 것이 사물과 자신 사이에 부여하는 '미적 거리aesthetic distance'이다. 사물과 주체가 가지는 심리적 거리이기도 한 '미적 거리'는, 사물의 내부로 침윤하게 될 경우 너무 가까워지고 사물의 바깥과 일정한 거리를 유지할

경우 너무 멀어지게 마련이다. 시인은 이러한 시선의 양면성을 균형 있게 활용함으로써, 시선을 사물의 내부로 향하면서 일종의 주관적 발화를 취하기도 하고, 사물의 바깥으로 시선을 확장하여 객관적 발화를 취하기도 한다. 그 안에서 시인은 성찰의 기율을 띠게 되고, 자기 자신의 안팎을 두루 탐사할 수 있게 된다.

봄과 같이 따뜻하고
어린 새싹 같이 순수한 시절도 있었고

여름처럼 푸른 잎새 자랑하며
패기 있던 시절도 있었지

가을이 되니 찬 바람 불고
쓸쓸한 기운이 감도네

겨울이 되면
생각과 말, 행동 모두 앙상한 나무가 되고

남의 인생을 내 것인 양 살아온 나날들
본래의 자리로 되돌려 놓고

바람을 움켜잡았는데
손아귀에는 아무것도 남아 있지 않네
— 「바람의 길을 걷다」 전문

동일성 논리에 충실하면서도 자신을 객관화하고 있는 이 시편은 자신이 지내온 "봄과 같이 따뜻하고/ 어린 새싹 같이 순수한 시절"과 "여름처럼 푸른 잎새 자랑하며/ 패기 있던 시절"을 끌어들인다. 아마도 지난 시간의 순수와 패기는 지금의 자신을 있게 한 원형질이었을 것이다. 그런데 이제 차갑고 쓸쓸한 가을을 맞아 겨울이 가까워오는 시간에 시인은 "생각과 말, 행동 모두 앙상한 나무가 되고// 남의 인생을 내 것인 양 살아온 나날들"을 생각해본다. 그래서 본래의 자리로 모두 되돌려 놓고자 한다. 하지만 마치 무상처럼, 덧없음처럼, 바람을 움켜잡은 손아귀에 아무것도 남아 있지 않다는 고백은 인생론의 보편성을 폭 넓게 환기하고 있다. 우리 모두는 '바람의 길'을 걸어갈 것이니까 말이다.

나는 어리석고 바보 같다
그래도 마음이 편안하다

그래서 바보인가 봐
— 「바보」 전문

사람들 앞에서 말을 한다

평소 마음에 둥지를 튼 생각들이다

말 속에 말하는 사람의 속 모습이 보일 것이다

내 말 속에는 어떤 모습으로 비춰질까

— 「마음 거울」 전문

그러니 이제 그러한 삶의 원리를 받아들이는 시인의 마음은 어리석은 '바보'처럼 "마음이 편안하다"고 고백한다. 나아가 시인은 자신의 '마음 거울'에 평소 둥지를 틀었던 생각들을 비추어 보면서 "말 속에 말하는 사람의 속 모습"을 바라보고 있다. 비록 "남들이 내 우물의 깊이를 알 수 있을까?"(「나의 우물」) 하고 묻곤 하지만, 자신은 어리석은 바보처럼 아름다운 시간의 기억을 양도하지 않는 것이다.

일찍이 하이데거M. Heidegger는 언어를 '존재의 집'으로 명명한 바 있는데, 이는 언어가 단순한 의사소통의 수단이 아니라 인간 존재를 가능케 하는 가장 근본적인 조건이라는 뜻을 담고 있다. 장택현 시인은 자신의 '존재의 집'인 시를 통해, 내면 깊숙이 가라앉은 존재의 내밀한 경험을 드러내고 있다. 이때 그러한 성찰과 표현을 가능케 하는 것이 바로 '시간'이며, 이때 '시간'은 충분히 가라앉으면서 존재의 심층深層/心層을 돌아볼 수 있는 물리적 기반이 되어 주는 것이다.

5.

우리의 삶을 규율하고 유지하는 객관적 조건은, 말할 것도 없이 '시간'과 '공간'이다. 하지만 이 둘은 전혀 다른 방식으로 우리에게 경험되고 기억된다. 공간이 정태적 형상으로서 비교적 감각의 지속성을 통해 기억되는 데 비해, 시간은 순간적이고 과정적인 실체로서 '흐름'이라는 비유를 통해서만 기억된다. 따라서 우리가 시간에 대해 가지는 기억은 지나간 것을 고스란히 재再경험하는 것이 아니라, 흐름이라는 비유 속에 놓인 지나간 시간의 단편들을 다시 선택하여 배열하고 재구성하는 과정에 해당할 뿐이다. 그래서 그 과정에서 우리는 시간의 불가역성不可易性과 일회성을 단호하게 느끼게 된다. 다음 작품이 거기에 해당할 것이다.

6·25 전쟁으로 인하여
가난한 나라가 더 어렵게 되었다

새까만 고무신에 검은 천에 솜을 넣어 만든 옷을 입고
학교 다녔지
책은 보자기에 싸서 어깨에 대각선으로 메고
십 리 길 뛰어 다니다가
잘못 매어 풀어지면 책이 땅바닥에 이리저리
굴러 흩어지곤 했지

중학교 들어가서 운동화에 카라 끼운 교복에
가방을 들기까지 6년이나 걸렸지

그래도 세상은
아름다운 선물 보따리인 것을
— 「선물」 전문

아름다운 인생의 선물을 노래하는 장택현 시인은 전쟁 전후의
가난의 기억을 "새까만 고무신에 검은 천에 솜을 넣어 만든 옷"
과 "책은 보자기에 싸서 어깨에 대각선으로 메고/ 십리 길 뛰어"
다니던 구체적 시간으로 채우고 있다. 중학교 들어가서는 "운동
화에 카라 끼운 교복에/ 가방"을 들긴 했지만 이 모든 것이 "그
래도 세상은/ 아름다운 선물 보따리"라는 것을 깨닫게 해주었다
고 고백하는 것이다. 비록 되돌아갈 수는 없지만, 항구적으로 지
워지지 않을 아름다운 시절이 아닐 수 없다.

내 인생 다시금 20대로 되돌려준다면

지금까지 살아온 인생보다
잘 준비하여 더 잘 살 수 있을까

눈을 감고 생각하여 보니
큰 산이 앞을 가로 막네
― 「삶」 전문

크리스마스카드를 아내에게 보냈다

"다시 결혼한다 해도
당신과 결혼하겠습니다"라고

1년 후 답장을 받았다

"당신과 짝 지어주신 분께 감사드립니다"라고

    — 「정말일까?」 전문

    시간은 불가역의 성격을 가지고 있다. 시인은 만약 다시 20대로 돌아갈 수 있다 해도 "지금까지 살아온 인생보다/ 잘 준비하여 더 잘 살 수 있을까" 하고 되묻는다. 어쩌면 살아온 날을 교훈 삼아 생을 갱신해 갈 수도 있겠지만, 시인은 아득하게 눈을 감고 "큰 산이 앞을 가로"막고 있음을 고백한다. 유한자有限者로서의 삶이지만 그동안 살아온 삶에서 이루어낸 호환 불가능한 "얼음 정신"(「군인 정신」)을 긍정하고 있는 것이다. 그리고 시인은 다시 결혼한다 해도 당신과 결혼하겠다는 크리스마스카드를 보내고는 1년 후에 당신과 짝 지어주신 분께 감사드린다는 답장을 받았노라고 말하면서 그것이 "정말일까?" 하고 묻는다. 이 물음에는 되돌릴 수 없는 시간에 대한 겸허와 함께 살아온 동반자에 대한 믿음이 깔려 있다고 할 수 있다. 이때 시인의 기억은 어떤 특정한 시간에 대한 사실적 재현이라기보다는 그것을 둘러싸고 있는 과정적 속성에 대한 유추적, 상상적 구성으로 나타나게 된다. 그리고 시인이 선택하고 재구성한 그 시간은, 그로 하여금 자기 존재를 선명하고도 진중하게 돌아볼 수 있게끔 하는 최적의 조건을 형성해준 것이다.

6.

최상의 효율성만 생각하는 현대는 속도의 욕망이 전면화되어 있는 시대이다. 여기서 속도의 욕망이라는 것이 결국 타나토스 본능과 연관된다고 할 때, 종교적 상상력은 그 타나토스를 넘어 삶의 긍정적 활력을 지향하는 운동을 포괄적으로 지칭한다. 장택현의 시는 근대적 속도 욕망으로부터 비껴나 있다. 그는 더욱 본원적인 절제의 언어로 깊은 신앙을 노래한다. 말하자면 그에게 종교는 외적 계율이나 신념적 차원의 도그마가 아니라 자연스럽게 형성된 살肉 또는 혈액과 같은 것이다. 그의 시에서 종교적 외연은 비교적 덜 나타나지만, 그 내밀한 시와 종교 사이의 상동적相同的 구조는 곳곳에서 추출해볼 수 있다. 말하자면 그는 서정시에서의 종교의 외연을 자유롭게 넓히고 있는 것이다.

I.
우리와 함께 오늘과 내일을 산다면
그 이후는 누구와 살 것인가

우리의 탄생을 부모님보다
더 기뻐하신 분이 누구실까

어제도, 내일도 묵묵히
등을 밀어주실 그분이실까

II.
세상에서 가장 더러운 것이 무어냐
개똥인가, 쇠똥인가

죄보다 더 더러운 것이
세상에 또 있을까

죄를 다스리는 자도 이기는 자도
세상에는 아무도 없다

오직 한 사람 그분이시다
— 「오직 그분」 전문

　세상이 나를 알아주지 않는다고 하더라도 "어느 분은 모든 것을 알고"(「참 모습」) 계신다는 신앙 고백을 하는 장택현 시인으로서는, '오직 그분'의 역사와 기다림이야말로 우리의 삶을 가능하게 하는 근인根因임을 깨달아간다. 함께 살아온 오늘과 내일 이후 우리는 과연 누구와 살아갈까를 묻는 시인은, 그 누구가 바로 "어제도, 내일도 묵묵히/ 등을 밀어주실 그분" 혹은 죄를 다스리고 이기신 "오직 한 사람 그분"임을 고백하는 것이다. 시인은 그분께 "보이지 않는 손길을 보게 하소서/ 들리지 않는 음성을 듣게 하소서"(「손길」)라고 기도하면서, 자신의 갈망을 예언처럼, 언약처럼, 세상으로 향하게끔 하는 것이다.
　시를 일종의 예언이라고 주창한 20세기 철학자 자끄 마리땡

Jacques Martain은 "시는 시구를 쓰는 특수한 기술이 아니고, 좀 더 일반적이며 근원적인 하나의 과정, 즉 사물들의 내면적 존재와 인간적 자기Human Self의 내면적 존재 사이의 상호통교를 말하는 것"이라고 하였다. 이때 시는 사물과의 내밀한 혼교魂交를 행하는 작업의 일환이 된다. 그런가 하면 마르틴 부버Martin Buber는 '나-그것'과 '나-너'를 두 가지 근원어로 설명한 바 있다. 그 중에서 시적 사유는 본질적으로 '나-너'의 관계를 강조하게 마련이다. 타자가 자신이 되고, 내가 곧 타자가 되는 이러한 방식은 바로 종교적 사유의 원리이기도 하다. 장택현의 시는 바로 이 타자성을 실천하는 언어의 도정이며, 앞으로도 그는 이러한 과정을 더욱 심화해갈 것으로 생각된다.

7.

모든 사물은 몸은 시간을 따라 낡아가고 궁극에는 소멸해간다. 우리의 몸이나 생각 혹은 기억도 흘러간 시간의 깊이만큼 예정된 퇴화의 길을 걸어간다. 그래서 시간의 깊이를 투시하는 통찰력과 시간에 대해 예민하게 반응하는 감각은 한 사람에게 반비례할 가능성이 높다. 따라서 한 사람의 생각과 행동 혹은 기억과 실재는 늘 어긋나고 흔들리게 마련인데, 그 어긋남이 또 하나의 시적인 자각을 가져다주는 동기를 마련하기도 하니, 이 또한 서정시가 가지는 역설 가운데 하나가 아닐 수 없다.

우리가 천천히 읽어왔듯이, 장택현의 시에는 시간에 대한 통찰과 예민한 감각이 균형 있게 구현된다. 그의 시에서는 시간의 불가역성에 대한 안타까움 같은 것은 많이 절제되어 있다. 다만 그는 시간의 흐름을 삶의 불가피한 실존적 형식으로 받아들이면서, 거기서 비롯되는 유한자로서의 겸허나 삶에 대한 자기 확인을 보여주고 있다. 그래서 그의 시에 나타나는 고단함은 가혹한 절망이나 도사연하는 달관으로 빠져들지 않고, 세계내적 존재로서의 인간이 가지는 고유한 긴장과 그에 대한 본질적 성찰을 제공하고 있는 것이다. 폭력적인 일회성과 불가역성을 본질로 하는 시간 관념에 저항하면서, 삶의 보편적 형식으로 우리의 내부에 쌓여 있는 시간의 흔적들을 탐사하여 되살리고 있는 장택현 시인의 작업이 유의미한 까닭 역시 화자의 과잉된 발언을 삼가면서 멈추어버린 그 미적 거리 때문일 것이다.

그 점에서 장택현 시인의 이번 첫 시집은 그러한 미학적 정점에서 구현된 아름다운 고백록이자, 오랫동안 근원적 시간을 사유해온 이의 내면적 화폭으로 구성된 심미적 풍경첩이라고 할 만하다. 그리고 우리는, 이렇게 아름다운 집 한 채를 지은 장택현 시인이, 첫 시집의 성과를 딛고, 더욱 아름다운 시의 진경進境으로 나아가게 되기를, 마음 깊이 소망해보는 것이다.

장택현 시집

모두 무사했으면 좋겠다

발   행 2019년 4월 10일
지 은 이 장택현
펴 낸 이 반송림
편집디자인 김지호
펴 낸 곳 도서출판 지혜
            계간시전문지 애지
기획위원 반경환 이형권 황정산
주   소 34624 대전광역시 동구 선화로 203-1, 2층 도서출판 지혜 (삼성동)
전   화 042-625-1140
팩   스 042-627-1140
전자우편 ejisarang@hanmail.net
애지카페 cafe.daum.net/ejiliterature

ISBN : 979-11-5728-322-4 03810
값 10,000원

장택현

장택현 시인은 1947년 충남 아산에서 출생했고, 2019년 격월간 『시를 사랑하는 사람들』로 등단했다. 교육학 박사이고, 백석대학교 제5대 총장을 역임했으며, 현재 대학혁신위원장을 맡고 있고, 사범학부 교수로 재직 중이다.

장택현 시인의 첫 시집 『모두 무사했으면 좋겠다』(2019)에는 한 순결한 인격의 성장 드라마가 형상적 언어로 촘촘히 각인되어 있고, 시인의 따뜻한 언어는 지나간 시간에 대한 깊은 그리움에 의해 감싸여 있다. 그 점에서 그는 서정시를 통해 자신의 삶을 반추하고 성찰하는 회귀의 시인이다.

이메일 : thjang@bu.ac.kr